AW

„Die Kunst des Drachentötens" handelt von Stimmen in der Nacht, von Phantasien und Traumsequenzen, teilweise surreal anmutend, mystisch, absurd. Assoziative, vielsinnige Gedankenketten, die in eigenwilligem Rhythmus auf hintergründige, kaum greifbare Weise die Ungewissheiten, Unwägbarkeiten und Fragen umkreisen, vor die das Leben uns täglich stellt.

Adelhard Winzer, geboren in Karlshuld/Bayern, verbrachte die ersten Kinderjahre auf dem Bauernhof seines Onkels, Mitbegründer verschiedener Bands, Reisen durch Europa, Kinderbuchveröffentlichung „Andreas", Georg Lentz Verlag, München, Bankangestellter, Bankkaufmann, intensive Schreib- und Zeichentätigkeit, Ausstellungen in Neuburg an der Donau, München und Umgebung, zwei Stücke im Cantus Theaterverlag, Eschach: „Krethi und Plethi" – „Das Korkenspiel", weitere Buchveröffentlichungen: „Die Sprachgrenze" – „Lügengeschichten" – „Stockholm Blues" – „Hundert Zeichnungen" – „Grundsätze über die Kunst" – „Andreas (Reprint)" – „Venedig, von hier aus" – „33 Computer-Zeichnungen" – „Der Pensionist" – „Italienische Skizzen" – „Die kürzeste Liebesgeschichte der Welt", Books on Demand, Norderstedt, lebt im Chiemgau.

ADELHARD WINZER DIE KUNST DES DRACHENTÖTENS

Capriccios

Bibliografische Information der
Deutschen Nationalbibliothek: Die Deutsche
Nationalbibliothek verzeichnet diese Publikation
in der Deutschen Nationalbibliografie.
Detaillierte bibliografische Daten sind im
Internet über http://dnb.dnb.de abrufbar.

Herstellung und Verlag:
BoD – Books on Demand, Norderstedt
Umschlagzeichnung:
Adelhard Winzer

ISBN 978-3-751937122

DIE KUNST DES DRACHENTÖTENS

„Es war einmal ein Mann,
der lernte das Drachentöten und gab
sein ganzes Vermögen dafür hin.
Nach drei Jahren hatte er die Fertigkeit
erlangt, aber er fand keine Gelegenheit,
seine Kunst anzuwenden." / Dschuang Dsi
*Das wahre Buch vom südlichen
Blütenland*

Der Bahnhof

Das Bahnhofsgebäude ist in sich zusammengefallen. Früher gab es noch Liebespaare, Kinder. Abschiede und Wiedersehen. Zigarettenkippen, Zeitungsblätter. Keine Gepäckträger mehr, keine lautstarken Würstelverkäufer. Du bist der Lokführer und ich der Schaffner. Wir zeigen unsere Schwächen. Niemand braucht uns. Ein Handy genügt. Wir sitzen am Fluss, lauschen auf die Geräusche des Windes. Studieren die Wellen, Licht und Schatten. Die Spatzen im Gebüsch. Glaub nicht, es hätte etwas zu bedeuten.

Ordnung

Es ist, wie es ist. Weil es so ist, ist es so. Ob es in Ordnung ist, weiß ich nicht. Allein die Unordnung bräuchte eine Ordnung. Kommt darauf an, was es ist, denken die Leute, weil sie immer etwas denken. Das Unsichtbare. Keiner weiß, ob es hart ist oder weich. Wüssten sie es, wäre es nicht mehr, was es ist.

Der Raum

Die Zeit ist ein leerer Raum, ausgefüllt mit Bewegungen. Rauch steigt aus Kaminen. Es ist kalt. Die Wände sind feucht, weil es keine Unterstützung mehr gibt. Das stimmt nicht, sagt der Meister. Nichts als leere Versprechungen, die Untergebenen. Sie kehren zur Tagesordnung zurück, wünschen sich ein sorgenfreies Leben. Nur wie das gehen soll, wissen sie nicht.

Vorschriften

Ein blasser Vollmond am Himmel. Kleine weiße Wolken vor dem Küchenfenster. Der Vater schimpft, weil das Kind etwas getan hat, was es nicht tun darf. Es versteckt sich hinter den Wolken, beginnt zu weinen, hat Angst vor dem Vater. Der ist gefangen in der Gesellschaft, hat seine Vorgaben, möchte nicht, dass sich sein Kind so verhält. Weil es die Vorschriften nicht kennt, die sich die Erwachsenen gegeben haben. Niemand weiß, wieso und warum. Der Vater will sein Kind nicht weinen sehen. Der Mond ist weitergezogen. Im Fenster steht ein himmelblauer Himmel.

Farben

Unzählige Menschen begegnen uns. Keiner grüßt oder fragt nach dem Weg. Alle sind mit sich selbst beschäftigt, zeigen nicht ihr wahres Gesicht. Indem sie es aber verstecken, zeigen sie es uns. Manche glauben etwas Besonderes zu sein, machen sich lustig über andere, gehen grinsend an mir vorbei. Kinder haben die Gesichtszüge der Eltern angenommen. Blau macht den Raum weit. Rot ist gut für die Liebe. Grün macht das Glück perfekt. Nur sind die Farben nicht zu sehen.

Kulturgut

Wir freuen uns, wenn wir Urlaub haben. Aber es gibt keine schönen Orte mehr. Dafür sieht man, was Kriege anrichten. Die eigenen Leute werden verdrängt. Störrische Esel gehen schrittweise voran. Salamitaktik, sagen die Einheimischen. Die Guten passen nicht zu den Schlechten. Jeder bleibt für sich allein.

Die Zukunft

Laut Ärztekammer benötige ich keinen Hausarzt, was nicht stimmt. Ich brauche nur keinen Arzt. Ich will den Gedanken nicht weiterspinnen. Bewegung ist wichtig. Du kannst hausieren gehen damit, weil jeder jeden Tag mit seiner Krankheit hausieren geht. Im März werden die Tage länger. Im September kommt der Herbst. Zur rechten Zeit bewegt sich die Erde. Sie will nicht besser sein als der Mensch.

Wahrheit

Was kann der Kieselstein dafür, dass er ein Kieselstein ist? Die Rose, dass sie eine Rose ist? Die Menschen denken an Geld. Wer viel hat, will mehr. Stell dich an die Straßenkreuzung, frag die Passanten. Wälder wurden abgeholzt. Da stehen jetzt Häuser, Kommunikationsplätze für das Volk. Hast du keine Prinzipien? Willst du mit der Zeit gehen? Stur deine Ansichten verteidigen?

Antwort

Wir müssen nicht alles herzeigen. Unikate
sind unbezahlbar. Handarbeit wäre gefragt.
Nichts läuft, wie es laufen soll. Nachdenken,
vordenken, überdenken. Was hier passiert,
geht jeden was an. Wer lacht, weint innerlich.
Wichtig wäre zu wissen, was unwichtig ist.

Im Dunkeln

Spricht jemand im Dunkeln deinen Namen aus, kommen dir die Stimmen bekannt vor. Du überlegst, wer es sein könnte. Schon als Kind war deine Sehweise getrübt. Niemand hat aufgepasst, dir die Zukunft erklärt. Die endlose Melodie.

Negativ

Ich habe keine Kraft mehr für neue Projekte. Nein, du hast bloß deinen Mantel nicht richtig aufgehängt. Was habe ich nicht alles falsch gemacht in meinem Leben. Vor hundert Jahren lebten Menschen. Nach dir kommen andere. Dies nur zur Erinnerung. Dein größter Fehler war, zu glauben, mit dir habe die Welt begonnen.

Das Kind

Auf dem Weg zur Bäckerei hat mir heute ein kleines Mädchen zugelächelt. Unbekümmert und frei. Ist stehengeblieben, hat sich noch einmal umgedreht und mir freudig zugewinkt. Bis es hinter der Kreuzung verschwunden ist.

Eisblock

Am Morgen sind alle Sinne getrübt. Die Gedanken ungeordnet. Die Besitzverhältnisse haben sich geändert. Es gibt zweierlei Menschen. Wie sie leben, hat nichts zu sagen. Hier gehen sie aufeinander zu, dort bleiben sie stehen. Die Berge sind kahl, werden zum Eisblock. Der Morgen sieht aus wie der Abend.

Die Alten

Er behauptete, Lakkisch, Tadschikisch, Livisch, Gilbertesisch, Malaiisch, Gagausisch, Karelisch, Uigurisch, Nanaisch und Syrisch seien die Ursprachen der Menschen, vergaß aber Lydisch, Palauisch, Makedonisch, Abchasisch, Sorbisch, Walonisch, Kurdisch, Aserbaidschanisch, Osjakisch, Tschuktschisch, Usbekisch, erfuhr erst später, dass die Alten kein J, U, W, Z kannten.

Der Fälscher

Natürlich hat er Hintermänner. Natürlich korrigieren sie seine Fehler. Natürlich tut er so, als wäre er ohne sie aufgeschmissen. Natürlich veröffentlicht er nichts als Schwachsinn. Natürlich lachen die Leute über ihn. Natürlich lässt er nicht locker. Natürlich ist er vorwurfsvoll. Natürlich stammt er aus einer reichen Familie. Natürlich lassen sich die Scheinheiligen ausnutzen. Natürlich wollen sie nur sein Bestes. Natürlich ist er das Sinnbild ihrer Verlogenheit.

Der Kreis

Die Sekretärin, die nicht mehr weiterweiß, verlangt einen Bericht von ihren Ärzten. Ist das so schwierig? Um was geht es überhaupt? Wozu macht man eine Untersuchung? Ich verlange einen Bericht! Das geht anscheinend nicht. Von Anfang an wollte sie einen Bericht. Sie redet sich in Rage, aber niemand ist zuständig. Man muss nicht studiert haben, um das zu verstehen. Der Streit hat seinen Höhepunkt erreicht. Sie sollte aufhören jetzt, sonst geschieht noch ein Unglück.

Der Fehler

Die sieben Todsünden, wer hat sie erfunden, zusammengestellt? Sind es Habgier, Wollust, Zorn, Neid und Trägheit? Völlerei, Hochmut, Mord? Muss alles neu geschrieben werden? Was bedeutet Hoffnung?

Heute

Er stellt täglich Bilder in sein Handy. Sprüche und Videobotschaften. Fotos und Witze. Alles aus zweiter Hand.

Gesetz

Nur das wird als richtig empfunden, was im Fernsehen erscheint. Nur das wird als richtig empfunden, was vom Staat subventioniert wird. Nur das wird als richtig empfunden, was der Fachidiot sagt. Nur das wird als richtig empfunden, was älter als hundert Jahre ist. Nur das wird als richtig empfunden, was nicht von dir stammt.

Kleinigkeiten

Du bist der, der du bist. Warum protestierst du gegen Kleinigkeiten? Willst du die Welt verändern? Wenn du ehrlich bist, musst du zugeben, dass es schwierig ist, die Reihenfolge zu ändern, weil sonst dein System zusammenbricht. Deine Einteilung, weil sie dir wichtig erschien, hast du sie geändert. Sie ist nicht richtig, hast du gesagt und machst jetzt eine neue und zu der neuen noch eine, die diese ergänzen soll. Drei Tage später siehst du es anders, weil es anders geworden ist, die Einteilung nicht mehr stimmt. Das weißt du, bist dir ganz sicher. Es ist falsch, wie du es gesehen hast. Du stehst allein auf der anderen Seite, suchst von dort aus deine Fehler.

Regieren

Du lässt dich nicht beeindrucken vom Unglück anderer Menschen. Mein Glück ist nicht deines, sagst du. Das ist sicher. Es gibt welche, die von morgens bis abends ihr Unglück präsentieren, und nicht wissen, wohin damit.

Der Baum

Zwei Männer kamen aus dem Wirtshaus, blieben vor einem Baum stehen und rätselten, um welche Baumart es sich handeln könnte. Jeder war gescheiter als der andere. Da kam ein Passant daher und sagte: Was für ein schöner alter, knorriger Baum!

Der Punkt

Kaum ist der Punkt erreicht, gehst du rückwärts. Die Stadt ist nicht das Wahre, weil du jetzt auf dem Land lebst. Die Straßen kennst du auswendig, bald links am Fluss entlang, bald rechts. Die Architektur interessiert dich nicht. Man könnte verzweifeln, weil die Menschen immer mehr sein wollen, als sie sind. Wenn sie kein Unglück haben, gehören sie nicht dazu. Tiere kennen kein Unglück, nur die gescheiten Menschen.

Die Grenze

Es passierte hinter der Grenze, die keine mehr war. Eine Frau kam mit einem Hund auf mich zu, als wäre ich ein Verbrecher. Der Mann neben ihr hatte mich erkannt. Ruckartig machte ich Platz, worauf beide über die Felder liefen. Ich weiß nicht, wie lange es gedauert hat, bis ich sie vor einem Nobelrestaurant wieder sah. Sie, mit Handtuch und Bürste, bearbeitete den Hund. Der Mann saß in einem offenen Land Rover. Als ich vorbeiging, fingen beide zu schreien an, sodass ich erwachte.

Morgen

Wenn am Morgen die Sonne scheint, wissen die Menschen nicht mehr, was sie anfangen sollen mit dem Tag, weil ihre finsteren Gedanken nicht zum Licht passen. Ein Sturm wäre ihnen lieber. Eine Freude wäre das für sie. Man muss sie in Zaum halten, dass sie das Weltbild nicht durcheinanderbringen.

Blicke

Die sorgenvollen Blicke, die gespielte Fröm-
migkeit vergisst man nicht so schnell. Auch
nicht die Anschuldigungen. Man erkennt jede
Veränderung in der Natur. Es gibt keine Pfüt-
zen mehr.

Gelegenheiten

Der große Moment, wenn jemand zu lachen anfängt, einen Schritt auf dich zugeht, ohne finstere Absicht. Was für ein Augenblick! Die Gedanken, die hin und her gehen. Zuversicht oder Aufrichtigkeit? Vertrauen oder Misstrauen? Was hat das eine mit dem anderen zu tun, der endlose Monolog?

Kurz

Ich liebe das Prägnante und Kurze. Alles, was über zehn Seiten hinausgeht, ist Geschwätz. Nein, das ist nicht wahr. Alles, was wahr ist, kann dreihundert, vierhundert Seiten lang sein. Das ist nur für mich so und nicht für die andern. Das ist meine Ansicht, die zusammenhängt mit meiner Erfahrung. Ich weiß, ich habe mir zu viel angeeignet, was nichts mit mir zu tun hat. Ich war längst auf der Welt, mich gab es bereits, nur ließ ich es nicht gelten. Ich war mir unsicher, ließ mich beeindrucken. Wenn jemand ein Vorwort benötigt für eine Geschichte, erscheint sie mir unglaubwürdig. Man muss nicht schreiben, worüber man schon geschrieben hat. Falls du es benötigst, setze es als Beweis deiner Aufrichtigkeit ein. Du brauchst keine gebeugten Wörter. Wenn du Zeilen zählen willst, dann geh in die Fabrik, falls es noch eine gibt, in denen Menschen arbeiten. Zähle die Werkstücke am Abend, dann am Morgen. Soll ich noch weiter ausholen? Wenn jemand einen Hörsturz hat, wird er ihn dir nicht groß und breit erklären, weil er weh tut, sich gar nicht eignet für eine Erklärung. Das Falsche musst du erkennen, ein Gefühl für die Wahrheit entwickeln. Es wird eine gewisse Zeit dauern. Vielleicht Jahre, Jahrzehnte. Ich weiß nur so viel, dass jeder zuständig ist für sich selbst.

Roller

Drei Jungen kamen den Hügel herunter, flitzten vorbei mit roten Köpfen, Hurra und Gekicher. Schön zu sehen, wie sie ihre Geräte den Weg hinaufschleppten, Probleme wälzten dabei wie die Großen. Nicht böse, jeder auf seine Art, gut gespielt, die Erwachsenen nachahmend und doch kindlich naiv. Der Große führte sie an. Probleme mit den Eltern natürlich, der Tag in der Schule, die verpatzten Hausaufgaben. Ich saß zufällig am Ausgangspunkt ihrer Abfahrt, sah, wie sie dastanden, verschwitzt nach unten blickend. Wie sie auf ein kurzes Zeichen hin sich auf ihre Roller und Seifenkisten schwangen, voller Freude die Abfahrt genossen und unten, den Weg in der Kurve als Zielgerade ausnutzten. Ich las in einem Buch über Hörsturz, hörte ihre Gespräche und Freudenschreie dreifach im linken Ohr, als hätte sich dort zusätzlich ein kleiner Hochtonlautsprecher eingenistet. Ich stand auf, ging den Weg hinunter. Jetzt kamen sie an mir vorbei, wieder mit großem Hallo und Juchhe. Und der Anführer in der

Seifenkiste rief dem Jungen auf dem Roller zu: Du bist schon disqualifiziert! Wieso? Weil du zu früh losgefahren bist! Nach einer Pause rief der Führende, kicherte und lachte: Ich bin der Erste! Und bog ein in die Zielgerade. Kein Streit, kein Handgemenge, kein böses Wort. Die Freude, der Spaß, die berauschende Abfahrt waren stärker als alles andere. Gemeinsam schleppten sie ihre Geräte den Berg hinauf.

Wirklichkeit

Es gibt immer jemanden, der besser ist als du.
Es gibt immer jemanden, der größer ist als du.
Es gibt immer jemanden, der mehr weiß. Du
willst dich bestätigen, machst Fehler, gesteht
sie dir nicht ein. Die Fehler vermehren sich.
Du hasst dich, weil du nicht weiterkommst,
andern die Schuld gibst, nur nicht dir selbst.

Die Beschäftigung

In dein linkes Ohr wurde ein kleiner Lautsprecher eingebaut. Zusätzlich hören, um richtig zu hören. Nicht nur im Traum. Niemand weiß, woher der grelle Ton kommt. Will er dich auf etwas aufmerksam machen? Sollst du dich befassen mit Dingen, die dich nichts angehen? Warum das linke Ohr, warum nicht das rechte? Gehören dir deine Ohren nicht mehr allein? Erwartest du eine Antwort? Hörst du schon für andere? Sollst du jetzt ganz aufhören zu hören? Wenn es nur ginge! Selbst im Schlaf beschäftigen wir uns noch damit. Sag nicht wir, ich weiß es ja auch nicht. Du machst etwas, was du nicht willst. Ordnest dich unter, mühst dich ab. Willst das hysterische Gerede nicht hören, die hohe Stimme im Ohr.

Aufgaben

Wie lange dauert es noch, dein Leben? Lässt du dich bevormunden? Die Menschen sind falsch, sagst du. Das ist die Wahrheit. Welche Wahrheit? Phantasierst du? Hast du das schon als Kind gehabt? Was ist deine Aufgabe? Hast du eine? Wozu bist du auf der Welt? Bist du unzufrieden mit dir? Nur mal so nebenbei gefragt: Mit was beschäftigst du dich den ganzen Tag? Alles ist einfach, wenn du es einfach machst.

Fehler

Meine Fehler sind nicht die Fehler der anderen. Dadurch ist meine Sichtweise entstanden. Ich weiß nicht, ob ich recht habe. Bin ich schon im Unrecht, weil ich das Wort Recht kleingeschrieben habe? Ich weiß nicht, warum alles so kompliziert geworden ist. Der Himmel kann genauso gut als Hölle bezeichnet werden. Wenn es so angeordnet ist, warum nicht? Schlussendlich werde ich die Hölle, falls sie so bezeichnet wird, als Himmel erkennen.

Gebete

Viele glauben, sie hätten was zu sagen. Das Gesicht im Spiegel, der zerbricht, wenn er ihnen nicht gefällt. Du wünschst dir ein schönes Zuhause. Einen Hut auf der Ablage, ein Paar Handschuhe. Die Küche warm, das Wohnzimmer beleuchtet. Die Nacht mit gesundem Schlaf.

Schreiben

Schreiben ist die Ergänzung zum Leben, der Gedanke zur Tat. Traum und Wirklichkeit, das Leben schlechthin. Ich habe keine Gebrauchsanleitung dafür.

Fassade

Der Nachbar mit seinem Misthaufen am Gartenzaun will dir zeigen, was er von dir hält. Nichts als Dreck und Gestank, ganz zu schweigen vom Anblick. Ihm gehört das halbe Dorf. Das ist das Schlimme, die Gesichter hinter der Fassade. Wer bist du? Was hast du? Wichtig wäre, dass du nicht aussprichst, was du denkst. Werde wach, schau dich um. Die sorgenvolle Miene kannst du dir sparen. Jeder orientiert sich am Wahnsinn, der sich verkleidet hat als Zukunft.

Der Morgen

Jeder Mensch braucht Liebe. Was suchst du? Hat dich jemand nach deiner Meinung gefragt? Nein, du hast nicht recht. Jemand hat die Wörter vertauscht. Du musst weitergehen. Die einfachen Sachen sind am schwersten.

Der Berg

Wenn du mir glaubst, nehme ich dich bei der Hand und führe dich über den Steg. Nacht sollte es nicht sein. Ich verirre mich zu gerne, gehe lieber in die Zukunft hinein. So betrachtet wäre das der richtige Weg. Willst du wissen, was sich nicht beweisen lässt?

Fragen

Waren Sie schon einmal hier? Wie ist Ihr Name? Kann ich etwas für Sie tun? Die Stimme klingt aufgesetzt, unfreundlich. Wollen Sie nicht den Fragebogen ausfüllen? Nein, das will ich nicht. Die Frau mit den Kuhaugen fragt: Haben Sie ihr Bonusheft dabei? Nein, hab ich nicht. Jetzt wird sie frech. Ich bin nicht verpflichtet Ihren Fragebogen auszufüllen, entgegne ich. Das wird teuer, sagt sie. Ein freundliches Wort, sage ich, wäre nicht teuer. Mein Unterbewusstsein hat alles registriert, beginnt zu arbeiten. Wie lautet Ihr Name?, frage ich. Jede Firma präsentiert ihre Mitarbeiter auf der Homepage. Gehören Sie nicht dazu?

Glück

Vergiss die Vorstellung vom glücklichen Leben. Wenn du glücklich bist, gibt es dich nicht. Dann geht alles von selbst. Aber das wollen die Leute nicht. Sie wollen keinen, der so etwas denkt. Der braucht uns ja nicht, der ist glücklich, weißt du. Weil im Glück die unglückliche Welt glücklich aussieht. Da gibt es keine Verbesserungsvorschläge, keine Finsternis. Nur vertragen das die Menschen nicht. Obwohl sie den Zustand herbeisehnen, wollen sie nicht glücklich sein. Weil es dann nichts mehr zum Nachdenken gibt. Was sie als Glück bezeichnen, ist das Unglück. Das viel gepriesene Paradies gibt es nicht.

Ausgangspunkt

Wer war vorher da? War es das Tier oder der Mensch? Oder war es ein anderes Wesen? Ein Gebilde aus Stein und Fasern und wilden Gedanken? Das Wasser teilte sich. Stürme brachten den Menschen hervor, der das nicht verstand, zum Tier wurde und wieder zum Menschen. Dann geschah das Wunder und noch eines, viele kleine Wunder. Da stand er in voller Pracht, der Mensch, freudig lächelnd. Eine große Zeit muss das gewesen sein, als die Menschen nebeneinander lebten, es keine Kriege gab, das Wort überhaupt noch nicht existierte. Als keiner dem anderen etwas schuldig blieb, misstraute oder ihn verfolgte, das Kind des Nachbarn wie das eigene behandelt wurde. Unvorstellbar in einer Welt, in der Hass und Neid überwiegen, allein die Zeit zwischen den Kriegen Friede genannt wird.

Gespräche

Wenn du nicht vergessen kannst, dann bist du verloren. Keiner ist interessiert an deinen Neurosen, an deiner Gedankenflut, den blöden Hinweisen, die keine sind. Wenn die Sonne scheint, lass sie scheinen. Wenn alles vorbei ist, ist es vorbei. Zieh dich zurück. Du kannst es nicht aufhalten. Deine Ansichten über Gut und Böse spielen sich im Kopf ab. Die Zerrissenheit und die Wut. Ich wiederhole mich. Niemand will was von dir.

Die Antwort

Suchst du eine Antwort oder hast du sie
schon? Willst du weitergehen als die anderen? Was erhoffst du dir? Hast du einen Plan?
Was denkst du gerade? Hast du Fehler gemacht? Gibst du sie zu? Sind sie schwerwie-
gend oder schenkst du ihnen keine Bedeutung
mehr? Was hast du gelernt daraus? Denkst du
lieber an deine Mutter oder an deinen Vater?
Weißt du, was es bedeutet, hart zu arbeiten
oder fällt dir alles in den Schoß? Was würdest
du als dein Eigentum bezeichnen? Kennst du
ein anderes Wort für Glaube? Wie definierst
du Sünde? Denkst du dabei an Religion? Was
heißt Religion für dich? Und was Schicksal?
Hast du Probleme? Sprichst du sie aus? Bist
du mehr Herrscher oder Beherrschter? Än-
derst du oft deine Meinung? Was würde dir
am meisten leidtun, wenn du jetzt sterben
müsstest? Was bedeutet der Tod für dich?
Ist er endlich wie dein Leben oder glaubst du
er ist unendlich?

Weiter

Wenn sich für die Menschen etwas nicht erfüllt, was sie erwartet haben, werden sie zornig. Das Alleinsein ertragen sie nicht. Niemand und nichts mehr sein. Nicht mehr gefragt. Unwichtig, verlassen. Dann denken sie
Gedanken, die sie sonst nicht denken. Weil
sie das Denken nie gelernt haben, nie erfahren haben, wie man damit umgeht. Gedanken
beherrschen sie, nicht umgekehrt. Sie sehnen
sich nach Bestätigung. Lieber ein Hund als
gar nichts. Das ist die Strafe, denken sie.

Verzweiflung

Je mehr die Leute versuchen, ihre Fehler zu verdrängen, umso deutlicher treten sie an anderer Stelle hervor. Jahrzehnte alte Geschichten. Willst du nicht aufhören damit? Nochmal von vorne anfangen? Ich weiß nicht, um was es geht, nur dass etwas passiert sein muss, etwas Tiefgreifendes, das nicht hätte passieren dürfen. Alles durch deine Schuld, weil du nicht aufgepasst hast. Aber da warst du noch ein Kind. Kinder machen das. Da kannst du gar nichts dafür. Das ist längst vorbei. Nur heute denkst du daran. Das geht jedem mal so, ganz sicher. Hör auf damit. Du bist nicht allein, musst dir keine Sorgen machen. Vergiss es! Wie kannst du dir Schlimmes denken dabei? Das ist nicht gut. Diese Selbstzweifel. Das geht vorbei. Den Schmerz wirst du nie ganz los. Ich kann dir nicht helfen. Verstehen, ja, das schon, aber wie du es jetzt machst, ist nicht richtig. Es ist längst vorbei. Ist dir die Zeit nicht zu schade, hast du nichts Besseres zu tun? Tust du dir selbst leid? Wie nennt man solche Menschen? Bist du so einer? Haben wir dich unterschätzt? Willst du, dass man dir gut zuredet oder brauchst du das nicht? Willst du gar nicht zuhören? Weißt du schon, wie es ist für dich? Wie es richtig ist, das weiß niemand. Befreie dich endlich. Es ist nichts Schlimmes, überhaupt nicht. Da musst du jetzt durch. Mach was du willst, aber mach es. Ich glaube, im Grunde ist es viel zu kompliziert. Etwas, das mit dir nichts zu tun hat. Ich würde mir keine Gedanken machen.

Die Nacht

Die Nacht ist vorbei. Dafür ist es der Tag, der nicht vergeht, uns bewusst macht, wer wir sind. Keiner kann sich verstecken, keiner sagt, was er denkt. Was er von seinem Gegenüber hält, behält er für sich. Der ehrliche Mensch. Der hinterlistige Mensch. Der arrogante Mensch. Der großmütige Mensch. Anschauungen wie vor tausend Jahren. Die Herdenmenschen. Die Individualisten. Die Reichen. Die Armen. Die Gescheiten. Die Träumer und Realisten. Die Ruhelosen genauso wie die Überheblichen. Die wollen nur das, was ihnen guttut. Das versteht jeder, weil es jeden betrifft. Nur was jeden betrifft müsste man genauer definieren. Traurig oder fröhlich? Gut oder schlecht? Ein guter Mensch, was ist das?

Fremde

Der Weg in die Fremde. Welche Fremde? Allein, zu zweit oder gruppenweise? Wer mit wem und warum? Sprache? Nationalität? Herkunft? Beruf? Das interessiert die Herrschenden. Solche Fragen stellen sie dir aber nicht. Dafür ergeben sich andere Fragen: Verheiratet? Single? Geschieden? Kinder? Religion? Schulbildung? Wer hat dich beeinflusst? War der Weg beschwerlich oder leicht? Sortierst du deine Gedanken aus?

Ein Kind

Ein Kind auf der Straße. Mimik und Gestik wie der junge Schauspieler. Nein, es sieht nur so aus, es ist unschuldig, gefangen in der Erwachsenenwelt. Und was wäre das für eine Welt? Ein Film, der täglich im Massenkino läuft. Der Billettabreißer ist verschwunden, die Frau mit der Taschenlampe. Es gibt keine Filmvorführer mehr. Die Traumwelt ist eine andere, aber noch vorhanden in uns. Die Geschichten gleichen sich. Manchmal bricht einer aus. Der muss stark sein, eine große Kraft muss er haben. Oder er wird gefördert, gleich von Anfang an. Dann kann es passieren, dass er sich verwirklicht. Die andern bleiben Mitläufer. Sieh dir den Jungen an, spielt schon den Erfolgreichen. Der fällt bald auf die Schnauze. Ein ganz Durchtriebener. Durchaus möglich. Oder glaubst du, dass der die Kurve kriegt? Den Wind an der Kreuzung muss er aushalten, dann weiß er, was Selbstbehauptung ist. Nur hält er seinen Kopf eine Handbreit zu hoch. Ihm fehlt das gewisse Etwas. Er kann machen was er will, aber man glaubt ihm nicht. Der andere hingegen, da gibt es nichts auszusetzen, der geht seinen Weg. Kein Überdrehter, kein Großmaul, das seine Versprechungen nicht hält. Politiker wird der keiner, auch kein Verkäufer, kein Produzent. Dem ist alles zuzutrauen, also auch das Gute.

Dame

Schau dir das Flittchen an. Hautenger Rock, hochhackige Schuhe. Spielt die Bleiche, Schlanke, Mollige. Ein Schritt und zwei pralle Schenkel. Aber kein Regisseur weit und breit, der schreien würde: Stopp, aus, gestorben, meine Liebe! Die kriegt Geld dafür, warum auch nicht? Man muss sie gesehen haben, angezogen, lasziv. Die scheinheiligen Brüder fotografieren. Wenn nicht der Mann von der Zeitung dazwischenkäme. Die geben sich Zeichen, verschwinden in der Menge. Das vollbrüstige Weib ist erwartungsvoll stehen geblieben.

Zufall

Auch wenn sie die Untersuchungsergebnisse veröffentlichen, die kriminellen Machenschaften werden nicht rückgängig gemacht. Kostenlose Personality-Show. Zuerst werden die Gesetzeswidrigkeiten vertuscht, dann kommen die Hintergründe zum Vorschein. Die Verzweigungen, Immunität!

Baby

Hier ist das Baby. Das Kind. Die Unschuld. Das Weiche. Das große Glück! Du kannst etwas lernen, wenn du willst. Lass es lachen, weinen, lass es wütend werden. Sei deinem Kind ein guter Vater. Dieser Satz sollte täglich hundertmal im Fernsehen erscheinen. Dafür die Werbung für Babynahrung verschwinden. Das Kind lächelt, denkt nicht: Ich will Herrscher sein, wenn ich groß bin! Das ist es, was dich fasziniert. Den Großvater genauso wie den Versicherungsvertreter. Selbst wenn er darin seine Zukunft sieht. Experte und Wahrsager, frag nicht, was wird aus dem Kind. Lass es leben, freue dich.

Der Spruch

Die Tage sind so lang und das Leben so kurz. Ich denke, es ist falsch, was ich mache, kann aber nicht mehr zurück. Der Satz lautet: Das Leben ist kurz und die Tage so lang. Ich weiß nicht, vielleicht ist es der Ausspruch eines Verlorenen, eines Einsamen. Wer hat es noch nicht gedacht? Es ist nicht verwerflich. Es ist der Weg. Das Leben. Die Fahrt ins Ungewisse. Dein festgelegter Plan. Lass dich darauf ein. Bis jetzt hast du nur getan, was andere verlangt haben von dir.

Der Andere

Ist er einer von uns? Kann man ihm trauen?
Will er nach oben? Untergräbt er die Moral?
Was hat er für ein Familienleben? Was bildet
er sich ein? Steht er nicht auf der anderen Seite? Zyniker, Spötter, nicht mit uns. Wir veröffentlichen nichts von ihm. Da gibt es Mit-
tel und Wege. Kein Wort mehr. Den trocknen
wir aus!

Früher

Als Kind war ich oft krank, hatte Fieberträume, Horrorvorstellungen. Alles erschien übergroß, erdrückend. Die Bettdecke war so schwer, dass ich glaubte, ich müsste ersticken. Tagträume, Halluzinationen. Heute noch hervorgerufen durch den täglichen Wahnsinn. Gedanken vernichten sich, sind die Ursache allen Übels. Du glaubst nicht daran, meinst ohne Gedanken nicht leben zu können. Gehst im Kreis. Kehrst dorthin zurück, wo du schon einmal warst. Wagst nicht den Weg geradeaus.

Ordnung

Du darfst es nochmal versuchen. Wie oft hast du daran gedacht? Es wird schon seinen Grund haben, dass du es wieder machst. Vielleicht hast du es nicht überwunden, stehst zu weit oben, blähst dich unnötig auf. Hast es nicht verdaut, wunderst dich, lernst nie aus. Das ist möglich. Ich bin kein Hellseher, sehe mich nicht von außen. Das Spiegelbild trügt. Eine Wahrheit gibt es nicht. Objektiv, subjektiv. Zwei Seiten, manchmal drei. Lass dich nicht darauf ein.

Telefon

Er hat keine Zeit! Ich bin gleich fertig. Was wollen Sie? Es dauert nicht lange. Der Abteilungsleiter telefoniert, versuchen Sie es später. Warum? Das habe ich Ihnen doch gesagt! Das glaub ich Ihnen, aber er telefoniert die ganze Zeit. Alle wollen was von ihm! Nein, ich nicht. Wenn Sie Geduld haben, kommen Sie auch dran, ohne Geduld werden Sie nichts erreichen, glauben Sie mir. Aber Sie wissen ja selber nicht, ob er telefoniert, der kann das Telefon ausgehängt haben, legt den Hörer beiseite und drückt auf ein Knöpfchen, ist doch möglich, oder? Nein, ist es nicht. Ich komme überhaupt nicht zu Wort, das muss ich mir nicht gefallen lassen, jetzt sagen Sie schon! Was soll ich sagen, ich weiß nur, dass er gerade telefoniert.

Fragen

Woher kommen die Gedanken? Wohin gehen sie? Wer lenkt sie? Du selbst oder sitzt einer in dir drin, ein freundlich gesinnter Mensch, wenn es freundliche Gedanken sind? Warum bleiben sie, warum verschwinden sie? Gehen sie zu anderen Leuten, kommen sie wieder zurück? Ist es so? Oder ist es anders? Jeder hat seine Antwort. Ich suche sie nicht. Ich sehe sie nur, bildlich. Übergroße Gemälde füllen das Zimmer, breiten sich aus in der Stadt, ziehen um die Welt. Das ist so, davon bin ich überzeugt. Ich brauche kein Beispiel. Alle Fragen lassen sich nicht beantworten. Auch nicht das Wann, Wohin und Woher.

Das Kunstwerk

Das vergessene Gebetbuch in der Kapelle. Am Wegrand das Auto. Die Schlüssel, die Tasche. Der Supermarkt gleich um die Ecke. Die Vergangenheit dort lassen, wo sie ist. Das Wort, unausgesprochene Gedanken. Der Moralist und der Pessimist. Das Blaue vom Himmel. Fehlt nur noch das Bild. Das wird nicht fertig, kann nicht zu Ende gemalt werden, hat nur provisorischen Charakter. An einem anderen Tag vielleicht. Auch wenn es schön erscheint, harmonisch, voller Spannung. Es muss dreckig aussehen, verkommen. Kein subventionierter Rosthaufen. Kunst für die Welt. Frisches Wasser und ein Dach über dem Kopf.

Mondscheingesicht

Eloquent. Modisch gekleidet. Gaukelt dir was vor. Ist zu allem fähig. Du gehst frustriert nach Hause. Weil du dich wieder darauf eingelassen hast. Von denen kommt nichts, merk dir das endlich! Du schiebst alles auf den Computer, die Software, das Rechenprogramm, die unerfüllten Träume!

Der Erste

Ich muss nicht der Erste sein. Nicht im Trab die Treppe runter, rauf und rein. Die erste Zigarette ist schon die dritte, der Telefonhörer heiß. Die Sonne im Fenster, aber die hasst du, weil sie dir in den Computer scheint, und die Abendsonne, weil du wieder nicht fertig wirst. Weil du nie fertig wirst. Weil du so abweisend bist. Weil du ein ganz Spezieller bist, der alles alleine macht. Der nicht weiß, ob es richtig ist, noch ein Tag dafür veranschlagt werden muss.

Schlachtruf

Du denkst, du bist ein Mitglied, willst aber keines sein. Wenn du dagegen bist, dann mach was. Das Leben ist schneller vorbei, als du denkst. Was in anderen Menschen steckt, steckt auch in dir. Entweder du verhältst dich ruhig oder du kämpfst dagegen. Wenn nicht, dann finde dich ab. Auf der Straße ist nicht dein Platz, die Spruchbänder und Schlachtrufe helfen dir nichts. Meide den Meister, der seine Leute beschimpft. Was hast du erwartet? Wenn einer hilfreich ist, dann tut er es. So einer nicht. Der Rest hat die Schäfchen im Trocknen. Laut Statistik gibt es immer noch Menschen.

Pissparty

Die Kühe brauchen kein Internet. Keine Pissparty. Die sind, was sie sind. Von den Schweinen kannst du was lernen. Das stimmt alles nicht, was erzählt wird über sie. Modeerscheinung. Was heißt das? Wenn es nur guttut. Hast du andere Ansichten, dann bist du fehl am Platz. Von wem sprichst du? Ich spreche nicht, das ist alles in meinem Kopf.

Freude

Buß- und Bettag. Totensonntag. Volkstrauer-
tag. Wann kommt endlich der Tag der Freude? Trauer und Schmerz wird großgeschrie-
ben, aber die Freude? Freude für Kinder, Jung
und Alt. Wann kommt der Tag der Freude,
wann wird er ausgerufen! Mach ihn dir selbst.
Brauchst du immer die andern? Kannst du das
nicht? Wer stellt die Fragen, wenn es um dich
geht? Keine Ehrerbietung. Hoch lebe der Gedanke, nieder mit ihm!

Gehen

Wir gehen. Wir gingen. Du gingst. Er ging.
Sie gingen. Wohin? Mit wem? Monatelang.
Tagelang. Jahrelang. Eine Schraube ist lo-
cker. Das Licht geht aus. Kein Freuden-
sprung. Aufgewärmtes schmeckt oft besser.
Wir machen uns nichts vor. Wir wissen, wo
die Grenze ist. Die Leute verblöden vor dem
Fernseher. Die Zeit läuft uns davon. Ich gehe.
Du gingst. Geheimsprachen haben Zukunft.

Das Bild

Morgenrot und Abendrot. Auf zwei verschiedenen Fotos. Nebeneinander gelegt. Natürlich beide in Farbe. Auf den Kopf gestellt. Was ist der Morgen? Was der Abend? Zwei Drittel der Antworten sind falsch. Woher das kommt, weiß ich nicht. Es könnte genauso gut heißen, drei Viertel der Antworten sind richtig. Ich weiß nicht, zu wem ich gehöre. Der Tag hat ein helleres Licht, denkt man, ist noch unverbraucht, kommt leuchtend aus dem Hintergrund. Manchmal wünscht man sich am Morgen schon den Abend. Es hat etwas mit der Verfassung der Menschen zu tun. Das Wort ist falsch, passt nicht in den Zeitbegriff. Der Morgen. Der Abend. Die Nacht. Eine Hausaufgabe, die du dir selber stellst.

Ergänzung

Man macht immer das Falsche. Man liebt die Menschen und beginnt sie zu hassen. Das hat jeder schon getan. Man liebt und hasst sie zugleich. Die Unterscheidung. Das Kleine und Große. Die Unebenheiten machen uns darauf aufmerksam, dass man eigentlich das Klare sucht. Das Leichte, kaum Spürbare. Jeder will was anderes und kriegt es nicht. Er hat noch nicht nachgedacht. Jetzt denkt er nach und denkt, dass es falsch sein könnte. Er dreht sich auf die andere Seite. Das Merkwürdige ist nicht mehr merkwürdig. Ein Vogel fliegt am Fenster vorbei. Du hast ihn kaum gesehen. Ein Schatten nur, aus dem Augenwinkel wahrgenommen. Das wäre die Grundlage. Du bist der, der schreibt. Der liest, der es aufnimmt. Das Eigene, das Fremde. Das ist mir schon klar. Danach habe ich nicht gefragt. Willst du den Verstand mit Gedanken auslöschen, vernichten, weil er dir Sorgen bringt? Du bist voll mit Wünschen, ganze Heerscharen haben sich aufgemacht, Wünsche zu wecken in dir. Eine Meinung zu haben, keine

Meinung zu haben. Emotionen zu zeigen. So echt wie möglich dazugehören willst du. Nichts denken. Mehr denken. Nur noch denken. Und wo bist du? Was machst du? Stellst du dich zu den andern oder die andern zu dir? Gefällt dir das? Bringst du dich in Stimmung und holst dich gleich wieder herunter? Sieht man es dir an? Hat es was mit Liebe zu tun? Was ist gleich wieder die Liebe? Die große Unbekannte? Freud und Leid? Ein Gedanke, der deine Sichtweise ändert?

Abziehbild

Bist du einer, der alles nachmacht? Ein Junge, fünf Jahre alt. Und schon ist er groß? Da hilft keine Drohung, kein Liebesentzug. Es ist nicht böse gemeint. Der Junge kann es nicht erklären, nicht trennen von seinem Leben. Das glaubt er, das weiß er, obwohl er noch nichts weiß. Da kann ihm keiner was vormachen. Er kennt jede Bewegung. Das ist es, was er gelernt hat. Auswendig kann er das. Macht es im Schlaf. Macht nach, was ihm gefällt. Will zu sich finden wahrscheinlich, weil es ihn noch nicht gibt. Aber davon spricht er nicht. Das weiß er. Das weiß er nicht. Das macht er alles intuitiv. Es sieht schön aus, gut eingespielt, verbessert womöglich. Aber er ist sich nicht sicher. Obwohl er es macht wie sein Vorbild. Eine Drehung, ein Blick. Oder ist er es vielleicht schon? Das Bild vom Abziehbild? Das Bild von ihm selbst? Er allein und sonst niemand?

Fessel

Das Wasser lässt alles mit sich machen. Ausschöpfen, zurückschütten. Der stille See ist ein Trugbild, Teil deines Verstandes. Es geht nach Plan, aber es gibt keinen Plan. Das haben die andern gesagt. Das ist nicht dein Weg, der führt woanders hin. Sollte es jedenfalls. Jeder ist träge, hat Angst vor dem Leben, klammert sich an das Vorgegebene. Die andern haben das gemacht und du machst es genauso. Ich bin blind, du bist blind. Alle sind blind. Leben nicht mehr, lassen sich beherrschen, sehen die wahren Momente nicht. Wer begreift, der begreift, will nichts zu tun haben mit den Schlafmützen, die am längeren Hebel sitzen. Das musst du laut sagen, nicht unterdrücken. Nicht wegstecken. Das weißt du. Eines Tages rächt sich das, dann ist dein Leben vorbei. Auch der Gesang der Lerche am Himmel. Die guten und die schlechten Dinge.

Lobreden

Was zum ersten Mal geschieht, ist überwältigend. Auch wenn das Herz auf der falschen Seite schlägt. Das Fenster kein Glas hat. Türen ohne Griff. Häuser ohne Dächer. Vögel ohne Flügel. Eulen ohne Augen. Hände ohne Arbeit. Autos ohne Straßen. Wind ohne Widerstand. Bäume ohne Schatten.

Stille

Im Traum gibt es nichts als Gerede auf der Welt. Alle Leute reden. Keine Stille mehr, keine Pause dazwischen. Vierundzwanzig Stunden lang nur Gerede, dass dir jeglicher Glaube an die Menschheit vergeht. Reden über das Reden, in allen Variationen. Du hältst dir die Ohren zu, musst dir alles anhören. Die Reden der Herrscher, der Untergebenen, der Übeltäter, der Besserwisser! So könnte es sein, das Weltgericht, der Untergang, die Vernichtung. Wie wirst du dich entscheiden, wenn du heil herauskommst? Schweigen?

Ein Kilo

Aus zwei wird eins. Wer versteht das, hat das nötige Einfühlungsvermögen? Es dauert, bis es sich in den Köpfen festgesetzt hat. Noch ist es nicht so weit. Oder schon weiter. Eine Stichflamme, weithin am Himmel sichtbar. Medien berichten, als hätte man es wissen sollen. Dabei gibt es Bücher, in denen steht: Seid aufmerksam, beobachtet. Aber die Leute beobachten nur, wenn man es ihnen sagt. Also beobachten sie nur wegen der Beobachtung. Nicht was dahinter steckt, dahinter geschieht, was gemeint ist damit. Die Herrschenden und ihre Wahnsinnsgehälter. Ob das recht ist oder nicht, danach fragen sie nicht. Es gibt Untersuchungen, aber der Untersuchungsvorsitzende wird selbst verdächtigt. Der Zusammenschluss trotz der Einwände der Kleinfurzer genehmigt. Das kleine Würstchen bleibt, was es ist. Die doppelbödige Moral erhält noch einen Boden. Die Vertreter werden vertreten durch Subvertreter. Das Fernsehen bringt das Gegenteil vom Nachmittag, und am Nachmittag wird der Vormittag dementiert. Das hat nichts mit Kulturauftrag zu tun. Das Leben ist fast schon vorbei. Und nichts ist geschehen.

Event

Hier ist die Hauptstraße, dort der Feldweg.
Hinter der Wiese beginnt der Friedhof, Got-
tesacker genannt. Hier liegen all jene, die
dachten, ohne sie ginge es nicht. Kein Weg,
nur noch Steine. Lebe jetzt! Es ist gar nicht
so schwer, das Leben.

Ordnung

Langsam erwache ich zum Leben. Als hätte ich nie gelebt, nur geträumt im Schlaf. Ich sehe vor und neben mir überall Leute, die mich bewerten, mich einordnen in ein Schema. Ein vom Menschen erstelltes Modell. Weil der Mensch ein Teil vom Ganzen ist, sich unterordnet, gewollt oder auch nicht.

Der Stall

Er fragte: Was fressen die Löwen am liebsten? Haben die eine Lieblingsspeise? Wie würden ihnen die Religionsanstifter schmecken? Ein kurzer Prankenhieb, blutrot. Wäre das nichts für einen Fernsehproduzenten? Live, direkt vor Ort, ohne Schnitt und Fälschung. Das wäre Mord! Nein, ich habe meine eigenen Gebote. Wo steht das geschrieben? Nirgends. Es ist so ein Bild, das mich nicht mehr loslässt. Die Religionsanstifter im Maul eines Löwen!

Freude

Die große Erwartung, dein Leben in der Zukunft. Du arbeitest darauf hin, aber bist du erst dort, ist nichts vorhanden von dem, was du dir erhofft hast. Dann bist du enttäuscht. Weil du dich darauf gefreut hast. Jetzt fängst du von vorne an. Der Druck, den du dir machst, ist groß. Da muss ich durch, denkst du, früher oder später hab ich das Ziel erreicht.

Zeit

Keine Zeit. Für was keine Zeit? Das kann ich nicht sagen. Das mache ich jetzt. Du wirst sehen, das geht. Von wegen keine Zeit. Ich habe sie einfach und fertig. Du wirst sehen, das ist das Beste. Schau dir die Vorbereitung an. Alles wird rausgeputzt. Wir haben geschlossen! Das würde sie abschrecken. Geschlossen jetzt. Das wäre was für die Träumer. Ich bin nicht zuständig, auch wenn ich zuständig bin. Das begreifen sie nicht. Es geht ziemlich schnell, pendelt sich ein. Du wirst sehen. Ich habe keine Zeit. Schau, es geht doch!

Der Nebenweg

Einem Heißluftballon hinterherlaufen. Einen Plan haben. Gedanken. Viele Gedanken. Den Ballon nicht aus den Augen lassen. Wieder ein Kind werden. Die Umgebung entdecken. Er wird hinter dem Wald heruntergehen, denkst du. Also willst du bei der Landung dabei sein. Willst sie sehen, hautnah. Läufst auf Trampelpfaden, die du nie betreten hast, weil sie deiner Meinung nach in die Irre führen, in die wilde Natur. Ins gefährliche Hinterland! Immer weiter kommst du ab vom Hauptweg, glaubst schon in Tuchfühlung zu sein mit dem Ballon. Aber schau, der Wind trägt ihn woanders hin, er fährt dir davon. Schade, deine Hoffnung wird nicht erfüllt, dein Traum. Bist aber fast dankbar, weil du belohnt wirst mit einer tollen Landschaft, die du jetzt wahrnimmst. Ein neuer Blickwinkel hat alles umgekrempelt. Jahrelang nur auf dem Hauptweg. Da haben sich deine Augen nach innen gedreht, die schönen Nebenwege nicht gesehen.

Lehrling

Du bist ein Lehrling. Ein ganzes Leben lang. Da nützt dir die Schauspielerin nichts, die lächelnd an dir vorbeigeht. Weil sie glaubt, du weißt, wer sie ist. Aber das müssen dir andere sagen, die zurücklächeln. Die Menschen selbst, untereinander, lächeln nicht. Erst wenn jemand kommt, der bekannt ist. Aber die interessieren sich nicht für dich.

Hunde

Es gibt viele Hunde hier. Das stimmt. Die Leute haben Angst, wollen sich schützen. Mit Tierliebe hat das nichts zu tun. Was ist das überhaupt, Liebe? Das Natürlichste von der Welt wird zum Besonderen erklärt, weil es so gewöhnlich geworden ist.

Ballon

Wieder der Ballon. Keine zehn Meter entfernt. Feuerrot, übermächtig. Aufgeblasen steht er vor mir, kann nicht weiter. Warum, weiß ich nicht. Will nicht mehr, kann nicht mehr. Wie ein Hochhaus, mitten auf einer hellgrünen Wiese. Geruch von frisch gemähtem Gras. Die Leute im Korb atmen tief, sehen aus wie Gefangene. Ich drehe mich um, fahre wieder nach Hause. Mit einem Hochrad bin ich unterwegs. Im Wald ein schmaler Pfad, Malefizweg genannt. Wurzelstrünke machen mir ein Weiterfahren unmöglich. Der Fluss führt Hochwasser. Durch die Baumspitzen leuchtet der Ballon, startbereit, obwohl ich ihn nicht sehen kann. Plötzlich ein Aufschrei, weil eine Brücke im Weg ist. Endlich komme ich raus aus dem Gestrüpp, fahre durch Orte, die sich eingeprägt haben. Mais, Weisbrunn, Hochreit, Steineck, Gigling. Ein paar Häuser, Ortsschilder, schwarze Schrift auf gelbem Untergrund. Pirach. Wasserturm. Aussicht ins Lattengebirge. Ein Schrei in der Ferne. Das hat nichts zu bedeuten, denke ich. Vor mir ein

Rotschwänzchen, macht erste Flugversuche. Flaumig noch, unsicher blickt es umher. Das Elternpaar auf einem Zaun, lockend, als würde man schnalzen mit der Zunge. Unaufhörliches Zungenschnalzen. Das kenne ich. War ich doch selbst ein Stück Teig als Kind. Drückte man mit dem Daumen hinein, blieb eine Mulde zurück. So lernte ich das Leben. Durch Schreien und Schweigen. Irgendwo dazwischen ging der Ballon runter. Ein grüner Heißluftballon, kein roter. Es ging sehr schnell. Ein kleines Häuschen an der Kreuzung. Das Gesicht einer Frau im Fenster. Die Abendsonne. Und schon hing der Ballon über dem Wald, ging tiefer, noch tiefer. Die Frau beugte sich aus dem Fenster, konnte nichts sehen. Ich fuhr los, traf rechtzeitig zur Landung ein. Die Ballonfahrer sehr reserviert, abweisend. Ich wusste nicht warum. Leider nicht die Freude, die ich erhofft hatte. Völlig unerwartet entdeckte ich am Waldrand ein Bienenhaus. Nicht weit von der Hauptstraße entfernt. Die Luft angenehm frisch. In der der Nähe von Massing stieg ich vom Rad. Ein paar Weiler nur. Rupertsdorf, Massingmühle, Wies, Roiter, Dorfreit, Simerreit, Oed, Kalkrub, Entfelden.

Film

Das Leben ist kein Film. Nein, du glaubst es nicht, das gespielte Leben. Ich habe keine Ahnung, kein Diplom, keine Übersetzung aus dem Amerikanischen ins Deutsche oder vielleicht aus dem Chinesischen. Das wird kommen. Oder auch nicht. Alles wird von vorne beginnen. Nur weiß ich nicht, warum das so lange dauert, bis die Leute was kapieren. Sie wissen nichts, verstehen nichts, lassen allein ihre veralteten Ansichten gelten. Die Kirche bleibt im Dorf. Der Herr Pfarrer und seine Köchin. Die Steuern. Die Politik. Alles bis an die Grenzen ausgereizt. Wer hat Recht? Und wer nicht? Laut Gesetzgebung sind alle Menschen gleich.

Krank

Die meisten Menschen sterben im Krankenhaus. Das Krankenhaus ist bekannt dafür. Weil dort der Tod zu Hause ist. Lungenentzündung, sagen die Ärzte, der Mann ist an Lungenentzündung gestorben. Als wäre es das Selbstverständlichste von der Welt, dass man im Krankenhaus an Lungenentzündung stirbt. Aber keiner fragt warum. Wieso ist der Mann an Lungenentzündung gestorben? Der hat doch überhaupt keine Lungenentzündung gehabt! Es ist erwiesen, sagen sie. Aber keiner traut sich zu fragen, was wirklich dahintersteckt. Das Leben ist dort nicht zu Hause, heißt es. Das ist normal. Wer weiß schon, wie viele Arzneimittel es gibt auf der Welt? Wie viele Kranke? Wie viele gestorben sind und wie viele nicht? Wäre es nicht besser, Berge zu versetzen? Wieso Berge? Wenn man zufrieden ist mit dem Leben, braucht man nichts zu verändern. Manchmal wäre es am besten, gleich einen Schnitt zu machen. Weg damit. Das Geschwulst, die empfindliche Stelle. Man ärgert sich, weil nichts funktioniert, wie man es sich vorgestellt hat. Die Berge bleiben, wo sie sind. Das Gedankengerüst müsste erneuert werden. Weil, wenn Berge versetzt werden sollen, muss man auch das Umfeld versetzen. Nur wenn das Umfeld nicht mehr hier ist, ist auch die Gegend nicht mehr hier. Und der Mensch, der die Kraft gehabt hätte, Berge zu versetzen, weiß nichts mehr mit seinen Muskeln anzufangen. Stellt sie vielleicht zur Schau. Auf einem Jahrmarkt, auf der Dult. Auf dem Volksfest. Die Berge bleiben wo sie sind. Die Tage vergehen, wie alle anderen Tage vergangen sind.

Entschuldigung

Die Kinder schreien, werden zornig, überdreht, egoistisch, frech. Kinder, denen die Schranken nie gewiesen wurden. Wie soll man das aushalten? Die schreien so lange, bis sie sich ausgeschrien haben. Keine Entschuldigung. Nein, wir erziehen unsere Kinder anders. Und wie? Antiautoritär. Alle Kinder dürfen machen, was sie wollen. Das haben sie von dem Kind gelernt, das in der Straßenbahn einen Fahrgast bespuckte. Worauf die Mutter sagte: Sehen Sie, mein Kind wurde antiautoritär erzogen! Worauf der Fahrgast das Kind anspuckte und sagte: Sehen Sie, auch ich wurde antiautoritär erzogen.

Rätsel

Der Turm auf dem Hügel ist verschwunden, überhaupt nicht mehr zu sehen. Damit hat keiner gerechnet. Wer spricht von einem Turm? Höre ich richtig? Keiner weiß was Genaues. Türme stehen in der Landschaft. Ja, so einer war zu sehen, als ich zum ersten Mal dort hingeschaut habe als Kind. Schon möglich, aber jetzt ist er verschwunden. Dass ich alt geworden bin, stimmt nicht. Vielleicht eine Sinnestäuschung. Das kann passieren. Du machst die Augen zu, fährst dir mit der Hand übers Gesicht, wendest dich anderen Dingen zu. Willst an nichts erinnert werden. Weißt auch nicht recht, um was es geht. Nur dass der Turm nicht mehr in der Landschaft steht, obwohl er vorher noch dort stand. Nein, einen Turm gibt es nicht. Einen Turm hat es hier nie gegeben!

Sorgen

Am Tod kommst du nicht vorbei. Auch wenn
du noch am Leben bist. Die einen tun so, als
ginge es sie nichts an. Keiner weiß es genau.
Die Tage, die Nächte. Gedanken, die nicht
dazugehören. Wann ist es so weit? Das spürst
du! Vielleicht aber erst, wenn es zu spät ist.
Du hast noch eine Chance, eine andere Möglichkeit. Nein, sag so etwas nicht. Es ist kurz,
es ist lang. Es ist gleich so weit. Es kommt
bloß noch die Frau von gestern. Die von vor-
gestern wollte auch noch vorbeischauen.
Aber nicht freiwillig. Du wirst dich noch
wundern, was alles geschieht. Bücher gibt es
über die Zukunft. Geschichten von gestern.
Nur was nachher geschieht, weiß niemand.
Ich auch nicht. Es ist nicht greifbar. Du weißt
nicht, passiert es in einer Woche oder bist du
noch weit entfernt. Sagst du, die Sonne geht
auf und ein neuer Tag beginnt, den du nicht
mehr erwartet hast. Oder sie geht unter. Das
Grün erinnert dich an eine Wiese ohne Blu-
men. Merkwürdig, denkst du, gehst zurück,
drehst dich noch einmal um, willst die Sache

genauer betrachten. Aber das ist schwierig, es sind viele dort, die das Gleiche wollen. Jetzt begreifst du vielleicht, gibst nach, wirst ein anderer. Bildest es dir jedenfalls ein. Ein neuer Gedanke taucht auf, lässt dich nicht in Ruhe. Die Träume erscheinen aufgelistet, bringen dich aber nicht weiter. Du willst alles beherrschen. Stimmt es oder stimmt es nicht? Nein, du hast keine Gedanken mehr, lässt alles an dir vorübergehen. Luftig, leicht erscheint dir das Leben. Auf einmal leuchtet dir alles ein.

Zählen

Manchmal kommt es einem so vor, als sei alles teurer geworden. Man kann es nicht ändern. Aber nur wenn du so denkst, kannst du nichts ändern. Dann bleibt alles für dich, wie es ist. Nur die andern können die Welt verändern. Stellt sich wieder die Frage, welche Welt die bessere ist. Das Stück kostete vor einem Monat die Hälfte von dem, was es heute kostet. Soll das bedeuten, dass wir Idioten sind? Die Dummen, mit denen man machen kann, was man will? Das war so und bleibt so. Stimmt das oder glaubst du es bloß aus Prinzip?

Farbenlehre

Entweder du bist wer oder du kannst schuften, bis du blau bist. Von mir aus. Wenn dir das Zeug keiner abkauft, hast du nichts davon. Dafür die Erkenntnis, dass es nicht so läuft, wie du es dir vorgestellt hast. Wenn es nicht regnet, schneit es. Bei dreißig Grad Wärme kann es nicht gefrieren. Rot ist das Feuer. Schwarz die Nacht. So und nicht anders.

Das Spiel

War er es? Keine Ahnung. Das ist Sache des Gremiums. Ich werfe nicht mit Steinen. Ich bin nicht von hier. Ich auch nicht. Ich wasche meine Hände in Unschuld. Die kriegen alles raus. Wenn man will, dann will man. Lügt er oder sagt er die Wahrheit? Ich weiß es nicht. Ich möchte nicht in seiner Haut stecken. Die andern waren dabei. Beweise hat keiner. Wollen die sich wichtigmachen? Schau nur, der geht einfach. Ich dachte, er bleibt? Der ist es doch gar nicht. Irgendwas stimmt nicht. Das ist ein ungleiches Spiel. Nein, das ist kein Spiel. Du musst aufpassen, was du sagst. Sonst wirst du gleich mitverdächtigt. Kein Gedanke zu viel, keiner zu wenig. Schau, der kommt nicht allein. Eine Frau ist dabei. Jetzt kenn ich mich nicht mehr aus. Das hat nichts zu sagen. Oh doch, das ist wie im Leben. Das ist doch das Leben. Nein, das hat mit dem Leben nichts zu tun. Du wirst dich noch wundern. Die drehen ihn durch die Mangel. Ist er es jetzt oder nicht? Die machen kurzen Prozess. Du täuschst dich. Es dauert nicht lange. Alles spricht gegen ihn. Im Zweifel für den Angeklagten, gilt das nicht mehr? Keine Ahnung. Das Blatt wird sich wenden. Der vor ihm könnte es gewesen sein. Nein, der kommt nicht in Frage. Wer wird noch beschuldigt? Seine Frau womöglich? Nein, die führen uns alle an der Nase herum.

Besitzen

Wer nichts hat, kann nichts geben. Das stimmt nicht. Das ist nur ein anderer Aspekt. Weil jeder weiter will, mehr will. Sonst würden sie nicht so daherreden. Ausdauer war immer wichtig. Was hast du geleistet? Was zählt? Alle wollen gesund sein. Also kennen sie es. Was kennen sie? Das Gute. Das Große. Das Überwältigende. Alle wollen es, wissen es, brauchen es. Nein, sie brauchen es nicht. Weil sie es wissen. Das stimmt so nicht. Wenn, dann muss es einer gesagt haben, der einen Namen hat und von denen, die glauben, dass sie es wissen, anerkannt wird. Lässt du dir alles gefallen? Wo sind deine Grenzen?

Meisterwerke

Keine Luftschlösser. Keine Königsschlösser. Keine Narren. Keine Professoren. Keine Größenwahnsinnigen. Keine Vertreibung. Keine Verteidigung. Keine Veränderung. Was für einen Tag haben wir heute? Wer bewacht wen? Warum tut man etwas, was man nicht tun will? Wer hat es getan und wer nicht? Keine Besserwisser. Keine Pauken. Keine Trompeten. Nicht das Grobe, nicht das Feine. Keine Luftschlösser. Keine Kriege.

Anleitung zum Glück

Böse werden. Sich nicht einrenken. Die Augen verspannen. Die Frau schuldig sprechen. Sich selber nicht mögen. Das Wort falsch verstehen. Alles Schöne wird hart. Niemand kann dich trösten. Jeder Gedanke ist zu viel. Man will nichts mehr sehen. Nichts mehr hören. Nicht mehr auf der Welt sein. Wenn man überhaupt noch was will. Keine Antwort mehr geben. Auf und davon laufen. Die Tür zuschlagen. Sich selbst aus dem Weg gehen. Sich die Meinung sagen. Das Fenster aufreißen. Das Telefon aushängen. Endlich den Brief schreiben, den man längst schreiben wollte. Es darauf ankommen lassen.

Aufkleber

Haben Sie nicht unsere Aufkleber, die Rabatt-
marken? Hier ist der Ausweis. Ausfüllen und
ab geht die Post! Trinken Sie. Ich will nicht.
Ich auch nicht. Ich bin mir nicht sicher. Sind
Sie weitsichtig? Sind Sie kurzsichtig? Brauchen Sie eine Brille? Ich brauche keine Brille.
Auch keine Verbesserungsvorschläge? Die
gab es letztes Jahr. Sie wollen also nicht mit-
machen. Wer noch?

Geschichte

Eine Frau stolziert auf einen Mann zu. Der beachtet sie nicht, ist in seine Gedanken vertieft. Er denkt, jetzt ist es zu spät. Im selben Moment dreht sich die Frau um und geht den langen Weg zurück. Der Mann bleibt stehen, betrachtet sie. Er weiß nicht mehr, an was er gedacht hat. Das war vorher, jetzt ist er woanders. Es lässt ihm keine Ruhe. Die Frau beachtet ihn nicht, jedenfalls sieht es so aus. Jetzt kommt der Mann an die Kreuzung, überlegt, nimmt den Weg nach links, der ihn dorthin führen wird, wo er hin will. Er sieht die Frau, wie sie aus seinem Blickfeld verschwindet. Er weiß nicht warum. Er versucht an nichts zu denken. Dabei merkt er, dass er noch an sie denkt.

Knechte

Den Knecht gibt es nicht mehr. Der Pflug ist im Museum. Auch die Sense. Der Ochse hat ausgedient. Zement, Kunstdünger, elektrisches Licht. Der Zaun, die Bäume, der Bach, Massentierhaltung. Der Wagen auf dem Feldweg, das Zirpen der Grillen im Gras. Der Uhu, die Eule. Die Tage sind länger geworden. Die Ernte nur noch ein Wort. Saat, Frühling, Sommer. Die Nacht und der Morgen darauf. Geld fällt vom Himmel. Die Menschen wehren sich nicht. Erst wenn es zu spät ist, merken sie es. Du weißt auch nur, dass es keine Knechte mehr gibt.

Mann mit Hut

Der Mann hat einen Hut auf. Der andere eine Mütze. Der Mann ohne Hut kümmert sich nicht. Warum viel nachdenken. Das geht vorbei, wie alles vorbeigegangen ist. Den Hut setzt er nicht auf. Das macht das Leben, sagen die Leute. Hier ist es nicht anders. Weißt du das nicht?

Kompliziert

Diese Unzufriedenheit ringsumher. Wohin du auch siehst, was du auch hörst, nichts ist so, wie es sein sollte. Und wie sollte es sein? Einfach und verständlich, unkompliziert. Aber es ist kompliziert. Vom Kindergarten bis zur Schule ist ein weiter Weg. Die alles entscheidende Frage lautet: Bist du dir sicher?

Nummern

Ich wollte es gut machen, nichts auslassen.
Eine unendliche Arbeit. Ich habe alles fein
säuberlich aufgezeichnet. Jahrgang, Zustand,
alles was man dazu wissen muss. Irgendwann
habe ich aufgehört. Es war aussichtslos. Den
Satz hab ich mir gemerkt. Irgendwann habe
ich aufgehört. Das klingt traurig, ich weiß. Da
kannst du reininterpretieren, was du willst.
Das ist nicht das Leben, hab ich plötzlich gedacht. Du siehst gar nicht mehr, was ringsumher geschieht!

Aussichten

Du versteckst dich, willst nicht der sein, der
du bist. Und wer will ich sein? Ein anderer,
sauber und gepflegt, aber den gibt es nicht.
Warum nicht? Das verstehst du nicht. Das
verstehe ich schon. Wenn du nicht aufpasst,
verrennst du dich. Du hast dich längst ver-
rannt. Wer sagt das? Es hört nicht auf mit
dir. Du bist unerträglich. Ich mag dich nicht,
aber nur deswegen. Denk noch einmal darüber nach.

Zuhören

Frag nicht so viel, das könnte gefährlich werden. Hinter der Wirtschaft haben sie sich getroffen. Jede Nacht. Da ging es hoch her. Das darfst du mir glauben. Nur will jetzt keiner dabei gewesen sein. So darfst du das nicht sehen. Hab ich es dir nicht gesagt? Nein, du hast nichts gesagt. War nicht von der Wirtschaft die Rede? Von nichts war die Rede. Nur du hast geredet. War das wirklich so? Das ist der Spruch, den man hier hört. Fragt man danach, bekommt jeder Angst, der dabei gewesen ist. Das interessiert mich nicht. Die Leute leben im Gestern, sind Rückwärtsgeher. Die Wirtschaft war nur der Ausgangspunkt. Glaub mir, die haben Verbindungen gehabt. Es ist alles schon so lange her. Da hab ich nur mal kurz was gesagt und soll jetzt als Zeuge auftreten. Ja, nein, hab ich gesagt. Aber du weißt doch was. Auslöschen lässt sich das nicht, verheimlichen erst recht nicht. Das will keiner hören. Wenn du geschickt bist, kannst du dich aus der Schlinge ziehen. Bist du dir sicher? Ja, das mit der Wirtschaft behältst du für dich.

Beispiele

Wer glaubt noch an den Meister im Ruhestand, der die Jungen in den Vordergrund stellt? Wer kennt sich noch aus? Hier gibt es Arbeit, die dir Freude bereitet, dich glücklich macht. Freiwillig. Anders geht es auch. Ich wähle ein paar aus, dann gibt es nichts mehr umsonst. Ich bin auch freiwillig. Es gibt viele Freiwillige. Sei nicht feige, trau dich. Sag ja, dann fühlst du dich gleich wohler. Du wirst sehen, die rauschenden Feste gibt es nicht mehr. Die Freudenfeste. Heute ist alles anders. Stumpfsinnig, verkrampft. Ein paar Tage nur, die sind schnell vorbei. Wer meldet sich jetzt? Fünf Minuten, ich gebe euch fünf Minuten. Ihr könnt euch absprechen. Kein Problem. Ich kann warten. Dann aber wird es ernst und es gibt nichts mehr umsonst!

Nachdenken

Die Leute denken heute erst einmal alles
durch. Wissen gar nicht mehr, was sie denken
sollen. Links oder rechts? Geradeaus kommt
nicht in Frage. Ich habe in den letzten fünf
Jahren ein Vermögen verloren. Sowas sagt
heute keiner mehr. Das ist nicht wahr, erwi-
dert der Diplomat. Wenn es jemanden nicht
passt, mach ich was anderes. Das Gerede
nimmt zu. Es wird nicht weniger. Sag es laut
und deutlich, dann gehen alle weg von dir.

Zwischenstation

Muss alles perfekt sein? Wie kommst du darauf? Glaubst du nicht, dass du in die Irre gehst? Du bist nicht mehr auf dem Boden der Tatsachen, befindest dich in deiner Phantasie. Das ist dir schon klar? Nachts gehst du aus dir heraus, glaubst alles, was man dir sagt. Nein, das stimmt nicht, ich glaube überhaupt nichts. Es ist nicht wahr. Du willst und willst doch nicht.

Berge

Das ist heute so ein Tag, an dem man Berge versetzen könnte! Nein, alles geht schief, ich drehe mich im Kreis. Glaube nichts mehr. Man muss ja nicht alles glauben. Wohin an so einem Tag, sich gleich wieder ins Bett legen? Das wäre am besten. Versuch es, leg dich hin und gib Ruhe. Geh nach Hause, du siehst wirklich müde aus, das kann dir jeder bestätigen. Keinen Gedanken verschwende ich an euch. Nein, jeder Gedanke soll zu Ende gedacht werden. Hast du nicht gerade wieder gedacht? Was denkst du die ganze Zeit? Also, ich lege mich jetzt hin, was soll ich noch hier? So geht es nicht weiter, das weißt du, schon lange weißt du es. Alles dreht sich vor deinen Augen. Du bist so was von überlastet. Allmählich glaube ich es schon. Aber das sagt nichts, müde ist jeder. Du hältst dich selbst nicht aus, hast Angst vor Morgen. Stimmt es oder stimmt es nicht? Ja, es stimmt, ich freue mich heute schon auf morgen!

Geräusche

Wer sein Leben für einen Gedanken opfert, hergibt oder verschwendet, wer sich abmüht für etwas, was keiner versteht, wer wie besessen arbeitet, ja, der besessen ist von einer Idee, der muss das machen, da gibt es nichts anders, dafür ist er auf der Welt, das ist seine Aufgabe, und wenn die ganze Welt zugrunde geht, er wird hier sein, sich nicht beirren lassen, er hält alles zusammen, das hat ein Gewicht, das zählt und sonst nichts, da ist ein Geräusch in seinem Kopf, das er Tag und Nacht hört, ununterbrochen, das lässt ihm keine Ruhe, das ist oft nicht auszuhalten, er hat keine Macht darüber, er tut nur seine Pflicht, unaufhaltsam wie ein Uhrwerk, ununterbrochen, das macht er, seit er auf der Welt ist, ja, das muss er machen, sonst geht er zugrunde, seine Aufgabe besteht darin, nichts zu tun, rein gar nichts, das ist eine Kunst, die niemand beherrscht, er beherrscht sie, er hat alles im Griff, sein Leben ist nur noch ein einziger Gedanke.

Morgenrot

Ein Stern steht am Himmel, eine bleiche
Mondsichel daneben. Es ist angenehm
kühl. Nicht zu viel Wind. Gedanken, die
sich einmischen wollen, vertreibst du am
besten gleich wieder. Oder hast du die
Herrschaft über dich schon verloren?

In Serbien

Ich bin in einem Café und trinke einen Espresso. Ein Idiot steht neben mir, der mitten in die Gedankenstille hinein sagt: In Serbien kannst du dein Auto stehen lassen, ohne es abzusperren! Alle schweigen, trinken ihren Kaffee aus und gehen.

Gegensätze

Die Nachbarkinder machen es den Erwachsenen nach. Keine Möglichkeit, sich zu entwickeln. Das ist gefährlich, sagen die Leute. Das ist keine Erziehung. Die werfen ihr Leben weg. Von denen will keiner was lernen, schreien ohne Grund. Von den Eltern ist niemand zu Hause. Es geht zu wie im Affenstall. Wer kennt das nicht? Eine Belästigung, die man hinnimmt, weil es Kinder sind. Die wollen sich gegenseitig überbieten. Das schlucke ich jetzt, weil es Kinder sind. Eine Horde Kinder, ich weiß. Die sind heute nur etwas laut. Geburtstagsfeier, denken die meisten, sonst würden sie sich beschweren. Die Kinder sollen es besser haben. Ja, das hört man, das ist ihr Gedanke. Haben wir es etwa schlechter gehabt? Wahrscheinlich, aber meine Vorstellung von Kindererziehung ist das nicht. Kann lange dauern, bis sie groß sind. Geht schneller als du denkst. Du hast nichts mehr zu sagen. Hast du überhaupt was zu sagen gehabt? Klingt nach Unterdrückung. Das vergeht, ist bald vorbei, du wirst sehen. Die Sprüche kenne ich. Schon fällt dein Name. Was ist passiert? Kommt auf die Stimme an. Kleinigkeiten, die sich summieren im Leben. Es hat nichts mit dir zu tun. Bilde dir bloß nichts ein. Du bist nicht gemeint. Das Leben geht weiter.

Negativ

Es ist eine Zeit angebrochen, die alles klein macht. Aber es geht nicht um die Zeit. Das Leben ergibt keinen Sinn. Du bist wie ein Luftballon ohne Luft. Das hypnotisierte Kaninchen. Der Ochse vor dem Berg. Ein unmöglicher Zustand. Jetzt drehen sie durch, denkst du, wollen nichts mehr voneinander wissen. Misstrauen und Angst. Es wird kein Ende nehmen. Warum soll es ein Ende nehmen? Nimm nicht gleich solche Worte in den Mund. Ich nehme keine Worte in den Mund. Ich weiß nur, was jeder weiß. Die Menschen sind Lichtjahre voneinander entfernt!

Erlebnis

Er hat keinen Namen. Das macht nichts. Einer, der keinen Namen hat, bekommt einen. Das geht schneller als du denkst. Denk nicht daran. Ein Tag ohne Regen, ein Tag ohne Sonne. Erfahrungen hat einer gemacht, ein anderer nicht. Und woher kommt er, wie lautet sein Name? Das weiß ich nicht. Manche Namen hören sich wie Fremdwörter an. Man verbindet etwas mit ihnen. Einen süßen Geruch, ein fremdes Land. Einen Tag in der Sonne.

Darum

Darum ist darum. Deswegen ist deswegen. Aber ist aber. Dann bleibt dann. Wenn du was Besseres bist, bist du was Besseres. Der Dumme ist der Dumme. Das Licht ist das Licht. Die Dunkelheit ist dunkel. Laut ist der Lärm. Leise die Stille. Die Stille bringt dich zur Verzweiflung. Die Verzweiflung erträgt sich selber nicht. Wer sich selber nicht erträgt, ist unruhig. Der Unruhige ist nicht ruhig. Fragen ergeben noch keine Antwort. Der Schluss ist der Anfang von etwas anderem. Das eine benötigt das andere. Einmal ist keinmal. Beides zugleich geht nicht.

Biegung

Pass auf, dass du nicht stolperst. Der Weg macht eine Biegung. Hier geht es lang. Hast du Angst? Der Weg ist noch weit. Ein Stein ist im Schuh. Gehen wir weiter. Das ist nicht der Jakobsweg. Mach es nicht kompliziert. Ich bin auf dem richtigen Weg. Ich denke wie ich. Fühle wie ich. Spreche wie ich. Handle wie ich. Das musst du mir nicht erklären, so wichtig bist du nicht. Überleg, was du sagst. Alles kehrt zu dir zurück.

Das Haus

Plötzlich brannte Licht in dem Haus. Wochenlang war nichts zu sehen, keine Menschenseele, jahrelang nichts, und auf einmal Licht. Nein, ich bin nicht von hier, aber ein Licht in dem Haus hab ich noch nie gesehen. Die Tür stand offen, sah aus, als wäre sie ordnungsgemäß geöffnet worden. Wem das Haus gehört, weiß ich nicht, sieht aus wie immer, gute Bausubstanz, stimmt. Und der Rasen, kein Rasen, da wurde nie gemäht, hat auch seinen Reiz, sieht nicht verkümmert aus. Ich bin nur stehen geblieben und habe gedacht: Wieso brennt auf einmal Licht in dem Haus?

Gegenteil

Misch dich nicht überall ein. Wer bist du, hast du andere Ansichten? Warum nicht. Aber hier, das merke dir, hast du nichts zu sagen! Lass mich in Frieden, bring mich nicht durcheinander mit deinem Spruch. Das ist kein Spruch, das ist die Wahrheit. Du kannst fünf Mal das Gegenteil behaupten. Ich weiß trotzdem nicht, warum es so ist.

Der Unterschied

Ich weiß Bescheid, das genügt. Sprechen wir nicht viel drumherum. Ich weiß, ob es stimmt oder nicht. Das ist nicht wichtig. Die Kurve kriegt jeder. Ein Augenblick genügt. Es ist nicht so, wie du denkst. Du weißt viel, wir sollten uns zusammentun. Nein, lieber nicht. Du machst mir nichts vor. Ein Gesichtspunkt genügt. Das ist zu wenig. Wissen ist nicht alles. Wir müssen noch viel arbeiten. Jeder für sich. Nichts verheimlichen, das erspart Ärger und Zeit. Gleich die Karten auf den Tisch.

Eigenliebe

Du umgibst dich mit Leuten, die dich nicht mögen. Plapperst alles nach. Dann kommt so ein Gefühl von Schuld, der ganze Schleim. Pass auf, dass du nicht erstickst daran. Jeder will jeden beherrschen. Kommt sich wichtig vor. Zeig mir einen ohne Hintergedanken. Das würde mich interessieren. Am besten gleich auf und davon.

Erfindung

Du willst deine Fehler machen, weil du glaubst, dass es keine Fehler sind. Du lässt nichts anderes gelten. Verbissen bist du, gibst nichts zu. Willst gescheiter sein. Bekommst Schweißausbrüche, Alpträume. Dabei ist so viel Zeit vergangen. Unnütze Jahre. Nein, der eine braucht länger, der andere nicht. Aber wer sind die andern? Die es besser wissen oder gleich kapieren, was hier geschieht? Du weißt es nicht, weil du ständig woanders bist. Überall, nur nicht bei dir. Auf einmal merkst du, dass es nicht stimmt. Nur manche wollen mehr sein, als sie sind. Sie brauchen den technischen Wahnsinn, Gedanken die keine mehr sind.

Chiemgau
Winter und Frühjahr
2019 - 2020

ADELHARD WINZER
DIE SPRACHGRENZE
GESCHICHTEN. 2018. 184 SEITEN
BOD – BOOKS ON DEMAND, NORDERSTEDT
ISBN 9783746087429

In mehr als hundert
ineinandergreifenden
Geschichten (die längste hat elf
Seiten, die kürzeste vier Zeilen)
wird anhand der Parabel, der
Groteske, der Fabel und der Übertreibung
von Personen und Ereignissen berichtet,
denen allen gemeinsam die Thematik
„In der Fremde" zugrunde liegt. Skizzenhaft,
lakonisch, phantastisch überhöht,
bis an die Grenzen der Erzählbarkeit.

„Ihre Texte haben lange auf meinem Schreibtisch
gelegen und ich habe immer mal wieder
hineingeschaut. Der Titel ‚Sprachgrenze' ist total
richtig gewählt. Alle Texte machen vor etwas Halt –
eine Wand? Ein Absturz? Ein Paradies?
Das wirkliche Leben? (was immer das ist). Man
wartet auf einen Durchbruch, aber er kommt nicht.
Sehnsuchtstexte! Sehnsucht sehnt sich
nach Erlösung. Aber was könnte das sein?
Gott? Die Liebe? Die Tat?"
Ruth Rehmann in einem Brief an Adelhard Winzer

„Deine Geschichten sind klasse,
sie ziehen den Leser in den Bann,
sind erschreckend ehrlich und hart,
sprachlich fein gesponnen."
Thomas Felber, Buchhandlung Lentner, München

„Ich finde Ihr Werk rundherum gelungen."
Wolfgang Weinkauf

ADELHARD WINZER
ANDREAS. REPRINT. 2019. 80 SEITEN
BOD – BOOKS ON DEMAND,
NORDERSTEDT
ISBN 9783749436804

„Dieses Buch wendet sich Problemen zu, wie
Jugendliche sie in unserer Gegenwart haben können:
der Zweifel am sogenannten Fortschritt, mangelnde
Verbundenheit mit der Natur, Missverstehen der
Erwachsenen im Hinblick auf jugendliches
Verhalten. Das Buch wird gewiß einen Teil von
älteren Kindern und Jugendlichen in
weiterführenden Schulen gut ansprechen."
Prof. Doktor Anton Reinartz,
VJA Nordrheinwestfalen

„Ein wichtiges Buch, insbesondere für Erwachsene,
denn hier können sie etwas erfahren über die Kluft,
die sie zwischen sich und den Kindern aufgebaut
haben und die Unkindlichkeit unserer Welt."
Klaus Friedrich, München

„In dem schmalen Büchlein steht Bedeutsames."
Reichenhaller Tagblatt

„Begegnung mit einem außergewöhnlichen Jungen."
Stuttgarter Nachrichten

„In einem langen Brief schreibt sich Andreas
all das vom Herzen, was ihn freut, aber auch was ihn
bedrückt, was ihm an den Erwachsenen nicht gefällt,
die schuld daran sind, dass Landschaften
zu Betonwüsten werden, die sich immer
streiten müssen, die Kriege führen ..."
Katholischer Kirchenanzeiger

„Das Buch habe ich bekommen und gelesen.
Es gefiel mir. Talentierter Mann!"
Stephan Sulke

ADELHARD WINZER
KRETHI UND PLETHI
DAS KORKENSPIEL
ZWEI STÜCKE. 2019. 124 SEITEN
BOD – BOOKS ON DEMAND, NORDERSTEDT
ISBN 9783750414716
AUFFÜHRUNGSRECHTE:
CANTUS THEATERVERLAG, ESCHACH

KRETHI UND PLETHI
DRAMOLETT

Ein Stück, das die Sprache zum Mittelpunkt hat.
Befangenheit und Vorurteile der Menschen.
Keine zwingende Handlung. LAYLA
(schwarzhaarig) und SABRINA (blond),
einheitlich gekleidet,
sitzen Rücken an Rücken auf einer Bank,
reden über eine fremde Person, stehen auf,
gehen im Kreis, deuten mit den Händen,
vermeiden es, sich dabei anzuschauen.
Ort des Geschehens: Ein Kirchenplatz.
Bühnenlicht, das, während sie sprechen,
allmählich schwächer wird und den Schatten
des Kirchturms näher bringt. Bewegungen
und Gesten sollen nicht übertrieben wirken.
Freier Redefluss. Dazwischen kurze und längere
Pausen. Keine strenge Regieanweisung,
die Inszenierung liegt in der Hand des Regisseurs.
LAYLA und SABRINA telefonieren in den Pausen:
nehmen Anrufe entgegen, die sie mit JA oder NEIN
oder SOWIESO beantworten, oder sie schreiben
SMS auf ihren Handys, murmeln Unverständliches
dabei, schminken sich oder blättern in Illustrierten,
gähnen, schauen neugierig um sich, manchmal auch
verängstigt. Beide treten sehr selbstsicher auf –
aber nicht überheblich.

ADELHARD WINZER
KRETHI UND PLETHI
DAS KORKENSPIEL
ZWEI STÜCKE
2019. 124 SEITEN
BOD – BOOKS ON DEMAND,
NORDERSTEDT
ISBN 9783750414716
AUFFÜHRUNGSRECHTE:
CANTUS THEATERVERLAG, ESCHACH

DAS KORKENSPIEL
DRAMA
EIN LEBEN IST IMMER ZU KURZ
FÜR EIN GANZES LEBEN

Alf und Bianca haben ihre Stadtwohnung
aufgegeben und versuchen in einem
abgelegenen Bauernhof auf dem Land sesshaft
zu werden. Eines Tages bekommen sie Besuch
von Gitte und Ernst, einem befreundeten Paar
aus der Stadt. Sie machen es sich bei Kaffee,
Kuchen und Wein im Garten bequem, erzählen
von ihren Reisen nach Asien, Österreich, Italien,
Mexiko und New York. Während Alf und
Bianca sich gegenseitig die Beweggründe ihres
Neuanfangs zu erklären versuchen, schwärmen
Ernst und Gitte von der ländlichen Umgebung.
Dabei stellt sich heraus, dass Alf und Bianca
von ihrem neuen Nachbarn dominiert werden,
die angebliche Idylle nur täuscht, alle
vier sich im Grunde nichts zu sagen haben.
Ein harmlos erscheinender Nachmittag
auf dem Bauernhof, bei dem es am Abend
zur Katastrophe kommt.

ADELHARD WINZER
DER PENSIONIST
GESCHICHTEN
2019. 156 SEITEN
BOD – BOOKS ON DEMAND,
NORDERSTEDT
ISBN 9783749455041

*Aufzeichnungen eines Querdenkers.
Eigenwillig, melancholisch, naiv.
Geschichten, die das Altern
zum Mittelpunkt haben.*

Bei schönem Wetter konnte ich
vom Schreibtisch aus die Berge sehen.
Jetzt versperrt mir ein kotzfarbener
Wohnblock den Blick.
Auf dem Grundstück gegenüber
steht eine Trauerweide. Sie
erinnert mich an Wasser, aber
kein Bach weit und breit.
Der Wohnblock hat etwas
Fremdes an sich. Ich denke
an die Trauerweide und sehe
eine Birkenallee. Tatsächlich
steht im Hinterhof eine Birke.
Die kommt erst jetzt zur Geltung.
Wahrscheinlich war das mein erster
Gedanke beim Öffnen der Fenster.
Schnee ist gefallen über Nacht.
Es ist kalt. Der Aufzug fährt. Es ist
fünf nach sieben. Rauch steigt aus
den Kaminen gegenüber.
Der Tag beginnt.

ADELHARD WINZER
ITALIENISCHE SKIZZEN
PROSA
2020. 136 SEITEN
BOD – BOOKS ON DEMAND,
NORDERSTEDT
ISBN 9783750403208

Der Strand war menschenleer,
der Mond spiegelte sich im Meer.
Ich war hellwach, fing zu schreiben an.
Es war eine Nacht voller Einfälle,
Gedankensprünge. Ich wurde nicht müde.
Der Tag hatte noch nicht begonnen.

„Adelhard Winzers Skizzen benötigen
nur wenige Sätze und Zeilen, um eine
besondere Atmosphäre einzufangen,
über ein Empfinden Auskunft zu geben,
ein Erlebnis zu schildern oder einer
früheren Kränkung nachzuspüren.
Die Reflexionen aus einem an Erfahrungen
überreichen Leben schwingen zwischen den
Themen Sprachlosigkeit und Geschwätzigkeit,
Einsamkeit und Geselligkeit, Zweifel und
Gewissheit. Zudem erweist sich Winzer
als genauer Beobachter menschlicher
Schwächen, der eigenen genauso wie
denen der anderen. Über allem weht ein
Hauch von Melancholie, vermischt
mit italienischer Leichtigkeit."
Isa Schikorsky

ADELHARD
WINZER
STOCKHOLM BLUES
KURZPROSA
2018. 92 SEITEN
BOD – BOOKS ON DEMAND,
NORDERSTEDT
ISBN 9783752839814

Seit ich denken kann, will ich nach Stockholm.
Kennen Sie Stockholm? Ich war noch nie dort.
Es ist schön, wo ich wohne, ich vermisse nichts.
Also, sagen meine Freunde, was willst du
in Stockholm? Ich weiß nicht. Nachts erwache
ich aus meinem Traum, drehe mich auf
die andere Seite und denke, morgen gehe ich
nach Stockholm. Stets kommt etwas
dazwischen. Ich gehe zur Arbeit, ärgere mich,
gehe wieder nach Hause – schon ist der Tag
vorbei. Wie schön wäre es jetzt in Stockholm,
denke ich, warum bist du nicht nach Stockholm
gegangen! Ich war in Trinidad, ich war in
New York, aber was ist das im Vergleich
zu meinem Traum. Meine Freunde sagen,
geh in dich, vergiss dieses Stockholm,
es bringt dich noch um! Aber in Gedanken
bin ich in Stockholm. Ich weiß nicht warum.
Um was Neues beginnen zu können,
muss ich nach Stockholm. Kennen Sie
Stockholm? Waren Sie schon dort?
Heute wäre ein guter Tag,
um nach Stockholm zu gehen!

ADELHARD
WINZER
VENEDIG, VON HIER AUS
AUFZEICHNUNGEN
2019. 212 SEITEN
BOD – BOOKS ON DEMAND,
NORDERSTEDT
ISBN 9783749437481

Diese Arbeiten
folgen keinem
künstlerischen Konzept,
keiner Gesetzmäßigkeit, keiner
Logik im herkömmlichen Sinn.
Niedergeschrieben in einem Zug,
frei von ablenkenden Gedanken
oder Zugeständnissen an
eine literarische Form
enthält der Band
zweihundert Aufzeichnungen
aus dem Unterbewusstsein.
Allein das Aufhören
am Ende der jeweiligen
Notizbuchseite,
um erneut beginnen
zu können, galt als
Einschränkung beim
Schreiben dieser Texte.

ADELHARD WINZER
DIE KÜRZESTE
LIEBESGESCHICHTE DER WELT
GEDICHTE. 2020. 124 SEITEN
BOD – BOOKS ON DEMAND, NORDERSTEDT
ISBN 9783750437289

Zuerst
wollte nur er
aber sie nicht
dann wollte sie
aber er nicht
worauf auch sie
nicht mehr
wollte

„Die kürzeste
Liebesgeschichte
der Welt" erzählt von
knappen Augenblicken
des Liebesglücks, vor
allem aber von verpassten
Gelegenheiten, Missver-
ständnissen, Kränkungen
und Vorurteilen, die das
scheue Gefühl schnell wieder
vertreiben. Die Liebe – ersehnt,
erträumt, erhofft – und doch
zu flüchtig, um sie für
immer festzuhalten.

ADELHARD WINZER
LÜGENGESCHICHTEN
2018. 132 SEITEN
BOD – BOOKS ON DEMAND,
NORDERSTEDT
ISBN 9783752862102

Der Mond hat sieben Türen, sprach das Kind.
Ich lebe nicht hinter dem Mond, erwiderte
der Mann. Du hast keine Ahnung, meinte
das Kind, wenn der erst mal seine Hintertüre
aufmacht, beginnen die Menschen zu wackeln.
Von wegen wackeln, sagte der Mann. Ja,
wenn der Mond wirklich wollte, könnte
er die ganze Welt überschwemmen,
aber er hat Mitleid mit uns, vor allem
mit den alten Leuten. Ich bin nicht alt,
entgegnete der Mann. Für ganz Alte, sagte
das Kind, macht er die Vordertüre auf,
dort können sie hineingehen! Und das Kind
verschwand wie es gekommen war.
Blödsinn, dachte der alte Mann, drehte sich
auf die andere Seite, und konnte doch nicht
einschlafen. Seine Gedanken begannen
um den Mond zu kreisen, um die Erde,
um alte Leute. Schließlich träumte er,
durch eine große weite Türe zu gehen.
Alle Menschen machten ihm Platz,
verbeugten sich und riefen:
Wo warst du denn die ganze Zeit!